現代短歌ホメロス叢書 PART I ―― 1

小田部瑠美子
Otabe Rumiko

歌集

思ひ出は遥かに

飯塚書店

思ひ出は遙かに・目次

第一章　季の移ろひ　7

庭の千草・木々　9
弥生の日差し　21
寿名萌子　33
けふ入学式　47
揺れる吾の身も　54

第二章　季節を謳ふ　63

「春」新しき風　65
「夏」初夏の風　76
「秋」月の雫　88
「冬」冬物語　103

第三章　懐しき思ひ　113
「旅を詠ふ」大峯山に碑として　115
「ふる里」荒磯を偲ぶ　125
「吾の母校」蛍雪の友　134
花の野をゆく　136
跋　甲村秀雄　149
あとがき　154

装幀　㈱ポイントライン

思ひ出は遙かに

小田部瑠美子　歌集

第一章　季の移ろひ

庭の千草・木々

季は廻り春の気配の満ちたれば庭の千草は光を宿す

春の陽に紫著き郁子《むべ》の花房《はなむべ》宜ならむかな野木瓜《あけび》にまさり

紅梅の香り仄かに誘ひくる浮き立つ春はいまそこに有り

庭の木々の芽吹きを待たず臘梅の黄なる香りは吾が裡に満つ

芽吹き未だ見えざる木々の狭間より紅き椿のつぼみほころぶ

まはりみな枯葉落とすも鮮やかに南天赤く氷雨に滲む

珍しき洗朱《あらひしゆ》色の春蘭にあまたの蕾抱くを見たり

春の陽に萌黄・紫・白い花クリスマスローズは競ひて咲けり

狭庭にも紅梅・万作・沈丁花・椿も咲きて百花繚乱

芝桜しきつむ庭にはしり雨花洗はれて薄紅さゆる

彩れる庭をめぐらす生垣に白き山吹清しく揺るる

ひんやりと朝露おびしドクダミの白き花摘み一輪挿せり

雨あがりしづもる庭に漂へる甘き香りの白き梔子

さぎ草の蕾の細くふくらめば舞ひたてる日の心待たれる

いくつもの風を想ひて夕涼み風船葛もかすかに揺れて

女郎花ききやう咲けども暑処の庭をばな出穂の招くを待たる

曼珠沙華の黄花は仄か咲く庭に涼風過ぎて秋の虫鳴く

ひがん花赤き炎はほつほつと庭に點りて初秋を謳ふ

紅と銀　水引きの花咲き乱れ野辺さながらに秋雨の庭

ローズマリー絡まりて咲く紫にしじみ蝶舞ふ秋の日溜り

思ひ出の扉をそつと開くるごと金木犀はほのかに香る

燈籠の影に根づきし万両は赤き実宿しひつそりと生ゆ

花の季を過ぎてさ庭の大文字草紅の退せたる星二つ三つ

颱風の過ぎし狭庭にたゆたひて露草はしるく藍とどめをり

木枯らしも氷雨もありて凛と咲く葉も艶やかに石蕗の花

頑に八重の花びら守りつつ木枯らしに堪へ山茶花崩る

たつた今舞ひ散りし紅葉やはらかきその温もりに生命《いのち》を思ふ

風に舞ひ風なきにも散る朱もみぢショパンの夜想曲《ノックターン》　晩秋の調べ

木枯らしに散りし落ち葉のつもる庭心洗はるさが菊の白

黄花揺らしミモザは季を咲きつぐもいつしか冬日は西に傾く

やぶかうじ初冬の庭の葉がくれに寄り添ひながら朱き実ともす

庭先の梅の蕾に光あふれ孫就学の年は明けたり

山茶花の散りて大地に色添ふも枝に名ごりの紅の花

冬枯るる庭に鮮やかデコポンの黄なる拳は寒気を祓ふ

言の葉の重み温みにひたりつつ庭の千種を詠みつづけをり

弥生の日差し

あどけなく思ひし吾娘も身ごもりて戌の日なれば水天宮に詣づ

宿る児は1／f《エフワン》のリズムに安らげり穏し胎内波のゆりかご

明日ひらく桃の小枝のほほゑみに弥生の日差しは優しくそそぐ

新生児室の嬰児の動き力なし彼の母思へば胸は痛みぬ

みどり児のお七夜またず祝ひたり「桃子」と名づけし弥生の佳き日

ゆくりなく円な命に出あひたり抱けば熱く鼓動は応ふ

見ひらけど桃子の瞳は何を見む声に抱かる母の姿を

未だ見えぬ瞳ひらきて乳を飲む仕草のいとし吾娘に似たるや

をさなごは午睡の夢に微笑みて寝息ほとほと頬をゆるます

桃の花香り仄かに聞こえくる初節句近き便りとともに

初節句迎へし桃子のひと歩み大きな一歩に雛も笑みをり

健やかな育ち祈りて雛飾る絹の重《かさね》の柔らかきこと

千代紙の雛の袂に暖かき幼の夢をひそと折り込む

雛段に供へし菓子に顔を寄せ小さき指にてこそとふれみる

雛に似て可愛ゆく育ちし初孫の動きす速く男児に紛ふ

ピアノ弾く譜面見あぐるをさなごの仕草愛しく賢くも見ゆ

フルートとチェロの調べも美しく桃子の部屋に春の陽満てり

おさがりの制服似合ふ孫娘《まごむすめ》中学の春夢はふくらむ

書き初め展「大切な地球」に金賞のラベル張られて孫輝きぬ

中学の孫教へるは難しく数字ばかりが飛びはねてゐる

打ち水の呼ぶ涼風を感じつつシャトルコックは夏空に舞ふ

愛し孫と思へど心かよはざる糸を手繰りて結び目さがす

問はるるも心まよひて日は過ぎぬ吾孫《あこ》の思ひに答へ〝異〟とせり

確執の狭間埋めむと語れども亀裂の谷は風吹くばかり

解かれざる吾孫《あこ》の迷ひを引き摺りて後姿を淋しくおくる

夕日さす小高き丘に孫ときて強《し》ひ語りすれば情《こころ》を開く

十六歳揺らぐ心にそれなりの決断したり見守るばかり

山の端に虹のかかれば淀みなく孫十八歳《じふはち》の夢を語らふ

紅梅の花びら散らす春一番孫合格の知らせも舞ひて

差し延べる手を振り切りて青春の橋渡る孫《こ》を吾は見守る

親の目の届かぬ遠きに学びゐる孫の身を想ふ二人の老いは

いつよりか一人歩めばそれなりの少女《をとめ》と見ゆる孫の愛しさ

青春の危ふさまとふ孫なれど苦楽は糧となりて実らむ

小夜すがら独り住まひの空間に寂しさかくすうしろ姿の

どこまでも続く青空　孫《こ》の門出歩をいだしをり祝ふ青春

寿名萌子

生《あ》れ出でし赤子は胎脂をまとふまま産声高く個を主張せり

墨摺りて寿命萌子と書き記す心の昂り筆に伝へて

抱かるる萌子の仕草、面立ちの親に似たるはおもひの深む

嬰児はほのかに乳の匂ひして抱きしむれば添ひて休らふ

水無月のお七夜迎へ萌子抱く生命の温もり吾に伝はる

眠りゐる孫の温もり抱きつつ風送る手をしばし休むる

抱きたる愛孫の寝息を見守りて吾《あ》も春昼の刻を安らぐ

小さき手の動きに何か語りをり吾れも眼に力を込める

童謡を孫と歌へば娘も和する思ひは遙かな日日につなぎて

子育てに追はれし吾娘の乱る髪孫の拳は髪にぎりしめ

ことばにはならぬ片言途切れなくをさなごの問ひに吾は添ひたり

誇らしげに鍵盤鳴らすをさなごの音色は和せず響きは昴く

老ゆる身に余る動きの孫とゐて疲れ喜び相ひなかばせり

をさなごは柚の一枝《え》を振りかざし吾と夕べの風呂にぬくもる

寝もやらず悩める夜の白みくる東雲の空の光を待たむ

小走りに歩む心のもどかしく思ひ温め萌子を見舞ふ

病室のベッドにかかる夏帽子季は巡りて手術日迎ふ

ふた親は嗜好の酒と甘味断ち子の患ひの癒ゆるを願ふ

からうじて胸に抱ける二歳半病みて軽ろきに吾涙せり

をさなごは病みて抜けたる髪拾ふ目元見やれば涙いできぬ

ひろぐ手を泳がす如く児は語る大きなる夢宙に描きて

片言の孫に手こずりから返事二歳足らずもいかりあらはに

折り紙の三角四角と孫《こ》は折りて丸折りねだる目は生き生きと

この年は庭の真中に咲き盛る桃の大木孫は見ずなり

病棟の廊下を歩む幼子の足もどかしも力を込めて

快方に向ひし孫と院内の幸せの空気つつみ帰りぬ

如月はまだ寒かるも全快の月にしあらばこがるるばかり

佳きことの訪ひ来るを待ちをればやさし春風兆をのせて

のびに延び予期せざる日に弾みたる〝退院したよ〟と吾孫《あこ》のひと声

退院し家に戻るも骨を折る幼いとほし齢はみとせ

四歳を迎へし孫は病癒え生幼《しやう》くも力みなぎる

青竹に願ひごとつるし孫の笑み今宵七夕笹の葉揺れる

孫娘幼かれども水着つけプールサイドの夏陽にいどむ

孫の〝気〟に競ひてひと日過ぐしたり疲れ残りし夏の夕ぐれ

キッチンの石窯焼パン匂ふ朝　孫のはじける笑顔と食らふ

つば広き麦わら帽子被る児の瞳は初秋の風を追ひゆく

小さき掌の中にしつかと握られて開けど見えぬ夢ある未来

孫の詩の「遠き茜」を二人して口ずさみつつ茜ぐも追ふ

幼な夢両の手いっぱい膨らませ北風の中かけゆく孫の

満ちみてる夢を抱けるをさなごと入園までを幾日と数ふ

入園後七日経ちたる吾孫《あこ》なればややに疲れて膝にまどろむ

けふ入学式

幼きの重き病と別れきてランドセル背にけふ入学式

ひとひらの雲なき空は澄み渡り入学の孫《こ》を見送りしわれ

穏やかな笑みに隠るる賢き孫《こ》　乙女を忘るな紫すみれ

逆上がり練習する子のかたはらで励ます親の熱き声あり

徒競走おくれ駆け抜く孫見つつ見えぬ力のあしたに拍手

もやもやと空しき想ひのわれなれど娘孫《こ》は勇む　五月のあやめ

組体操上に立ち居て両の手を孫の勇姿に心の跳る

吾孫《あこ》のことを自己陶酔と夫はいふ　全国模試一位はされどあつぱれ

孫《こ》の瞳その輝きに優しさの　野鳥と遊ぶその声やさし

さりさりと鉛筆走らす孫の顔　自信確信全てが光る

陽炎の立ちし弥生の朝焼けに桃の蕾や孫特待生

（朝日新聞社）

木漏れ日をさらひてブランコ蹴り上ぐる髪長き孫の息抜きなるや

朝なさな庭に来遊ぶ鳥たちと言交はす孫に冬の陽やさし

易やすと数式を解く孫涼しげにモーツアルトのアダージョ聞きつつ

モーツァルトの曲を聴きつつ理数解く孫の頭の回路の危ふさ思ふ

数式を・野鳥と遊ぶ・花が好き・料理の技は十二歳の春

いささめの幸ひかとぞ思ほへど孫の瞳は山柄見つむ

受験期の一日ひと日を楽しむ子「特待生合格けふもらつたよ」

難関の受験すべてに合格し桜蔭中に春の雪舞ふ

孫に学ぶことの多きに揺蕩ふも教へたきこと更にたゆたふ

揺れる吾の身も

咲き継ぎし菊みだれ咲くこの狭庭初冬の風に揺れる吾の身も

命令のとだえし臓器はうづくまり不定愁訴は吾が身を削る

ＢＧの静かな流れも虚ろなり治療待ちつつ心怯ゑし

なにげないため息今日もはきたれどワイン注げば心の晴るる

しめりたる風の匂ひに指先を撫でやり乍ら青天を恋ふ

雨雲のたれ込めくれば冷えはじむ膝をさすりて痛みに耐ふる

肝腎の数値に投薬ストップの連絡ありて吾しづみゐる

晩秋の移ろひ早きこの季をひとり臥しをり痛みにたへて

1／f《エフワン》のゆらぎの音はシンフォニー漣の音・雨の音聞く

わが脳の〝α波〟のリズム静かなり雨音ゆらぎて心やすらぐ

1／f《エフワン》の雨音聞きて鎮もれるゆらぎの音に身をばあづけし

早朝の眩暈《めまひ》に不安のつのりくる血圧計の数値はエラー

潜みゐる気力の衰へ術なきもくれゆく秋の紅葉に染まる

迷ふごと雨は音なく降る程に吾の肉体は痛みに震ふ

物言はぬ臓器なれども限りある命思へばいとしさ増せり

紺碧の空より降りくる陽光に病みし眼は悲しきに閉づ

ひきずりし足とは無縁の食欲に五臓は謳ふいき揚々と

切れぎれの浅きねむりの谷間にも夢は襲ひき戦きし空間

思ふこと見しこともなき光景がこま切れの夢を操る恐怖

万歩計つけて大きく踏み出すも痛みのあれば歩みは遅々に

彷徨へる羊の歳はひたすらに堪へて忍びて明日をば待たむ

人生を今日よりからつと変へて見む心と身体の霧を払ひて

孫と子のやさしき温もり見つめつつ初冬の窓辺に吾も寛ぐ

病みたれば浮きつ沈める泡沫の記憶目覚めて心の乱る

病みをりて長き月日の己が身は花の季なれど後追ふばかり

風やみてややに心の鎮もれば花にさきがけ吾は春待つ

第二章　季節を謳ふ

「春」新しき風

靖国の父の御霊に額づきて心も直し初詣の朝

庭にさす光のささやき薄みどり新しき風春しきたらむ

新しき年あけ野辺に若菜つむ　芹・なづな・御形《ごぎやう》・はこべらと春

七草の粥に百合根を沈めみむ去年に嬉しき言の葉あれば

通り来る老いの不安を捨てやりて初春の明り裡に灯せり

みはるかす睦月の空は晴れわたり窓に影をく鈴生りの柚子

夕光にひそと咲きをり臘梅の透ける色香に春ならひ吹く

透明な気の満つ野辺の雨あがり僅かに含む梅の紅《くれなゐ》

幾とせも赤く燃え咲く梅みつつ老いを恃《たの》みて明日へと向かふ

春浅く風の冷たきこの夕べ朧月夜に浮かぶ白梅

去年漬けし桜は白磁に退紅《あらそめ》の記憶の花影ゆらぎてみせる

散る花も吾の思ひ出も春霞み消ゆれど浮かぶ桜はなびら

花々に掌添へつつ話す日々花も微笑みくれし弥生《いやお》ひ

姉は白　妹はくれなゐ記念樹の大樹なる夢　蒼穹めざす

娘《こ》の嫁《か》して家に残せし飾り雛老いたる吾に笑みて語らふ

季は春なれど「蟬声《せんせい》」読みゆけば心に滲み入る八月の蟬

確かなる淋しさ抱きひとときを短歌《うた》よみゆけば胸は痛みぬ

春彼岸ひと日過ぐれば潤ほひの雨しとしとと沈丁花咲く

芽吹き終へ木々の静まりかそけくも永久の流れに啼くほととぎす

シャラの木の瑞枝の萌黄いろは冴え春のあけぼの残り月見ゆ

孤独なる心の裡を色づけし山路にゆかし紫苑のすみれ

老い先の夢ふくらむも子孫ゐてその日々満たす夕茜ぐも

朝食のスープカップの純白に永遠《とは》の記憶をそそぎ入れゆく

黄色《き》の花弁　白磁に浮かべ午さがり私のレシピで香茶を点てる

ゆく春を奏でるがごとき紅椿　梢のあそびもなくて紅《くれなゐ》

この老いはおもぶくままにどの辺り八十路も楽し花は五分咲き

思ふこと何か明るむ庭先にみもざの黄花春の陽に映ゆ

野をゆけど己が思ひのままならず浮かびし一首に飛び立つひばり

雨しづく抱き枝垂るる山吹に思ひふくらむ古歌の一枝

武士《もののふ》の心緒乱れし一枝に言はず語りの心のにくし

テイタイム歌詠みあふも夫は夫　若葉の庭にて歌論めぐらす

花問はむ甲斐の山路を訪ふも畳《たた》なはる山新緑《みどり》あふるる

「夏」初夏の風

昨日けふ初夏への序曲ひと日ごと花の移ろひ爽かブルー

青春の記憶のかけらに尾ひれつき初夏の坂道けふもかけゆく

梅雨明けの光《かげ》ゆらめきし柚子の木に揚げ羽蝶きて産卵の舞ひ

ひたすらに生きゐる証かざしつつ去年のあぢさゐ　藍はささやく

日々疎くなりゆく脳花《なづき》の名も紫陽花の藍にふみ迷ふのみ

藤棚の垂るる花ぶさ掌中《たなうら》にそつと包めば雅《みやび》の香る

夕ぐれの縹色《はなだいろ》の空に十六夜の月のぼりをり水無月の藍

ともに老ゆその喜びはおほぞらに水無月晴れしけふは満月

昨夜《きぞ》放ちし香りは失せり純白の月下美人は孤独を閉ぢる

炎天に夕べの打ち水たくはへし涼しげに揺るる風知草むら

五歩先の小石に気づかふ歳なるも人生航路の川は流れる

みどりこき秩父の山脈　見放くれば古《い》にし昔が雲間に浮かぶ

折にふれ摑みそこなふ言霊にすがる想ひの藍いろ揺るる

朧なる記憶たどりてをちこちを尋ねしゆかむゆかしの菫

競りの声朝の茶の間に忽然と吾生きかへる初夏の白ねぎ

クールビズ夫は衿元涼しげに後姿も若やぎて見ゆ

藍ふかきこの見晴るかす明けの空　眼《まな》の憂ひも包みくれゐし

白南風に紫揺らすラベンダー香り仄かな文月の夕べ

たまゆらに見せる葉うらに風をきく子等の声なき夏の公園

ひと筋の風の通ひ路公園のたまゆらの閑　木漏れ日ゆらぐ

花を追ひ名残りの彩を惜しみつつ空を仰げばひと片の雲

雲脚の遥か乱るる西の空　雷鳴ひくきに夕暮れ迫る

蟬しぐれ雨なきが故の赤き夏心の甘えを虚空に放つ

ぎしぎしと頸椎の軋むぶきみさと体内を流る何かが聞こゆ

五尋を越ゆる不老の松の精遺伝子のひとつ木肌を抱く

東雲の空に浮波ただよひて彼方に魚の跳ねるも見ゆる

いちじつの白きいのちの夏つばき「わび」薄命の美学ただよふ

木々戦ぎ池に漣あいの風黄のジャノメ草一面揺らす

徒らに心の焦りを覚ふるも谷間の百合の如く生きたし

わたりくる白南風朝露こぼしをり祭の提灯夏を揺らしぬ

道の辺の乱れ咲きゐる野路菊に夏ゆく浮き雲重なりて白

木々いまだ眠りゐるらし明け方の芙蓉の峯に光のさしくる

炎天にひと日の疲れ感じつつ緋なる夕映え老いは息づく

夕さりて茜さし入るひと時の吐息を見たり大輪の薔薇

朝の陽にすがしく白き酔芙蓉　夕べにあやふき紅《べに》の顔《かんばせ》

「秋」月の雫

朝まだき道の辺の藍　つゆ草を月の雫に裾ぬらし摘む

里近き山路に入りて夢つづる風のささやき黄の女郎花

むらぎもの心然ながら彷徨へる　静かな夕べにすず虫の鳴く

陽は沈み花の文色《あいろ》もわかぬまに十六夜の月は白浮き立たす

夜は更けて月光青く冴えわたりすずろな風に虫すだき鳴く

月の光蒼くさし込むこの夕べ初秋を奏でるすず虫の鳴く

一夜さを涼やかに鳴くすず虫の命の儚さつたはりくるも

株芒　穂のなきままに緑なす月の秋なり皓々と照る

月あかり視界うすらぐ花のみち菜の一品　吾娘に届けむ

浮き雲が空を過《よ》ぎるやこの秋も野辺に群れ咲くコスモスの風

夕さりて色なき風の囁きに呟きかはす白きコスモス

物憂げな秋の風情を楽しむも秋桜の風に淋しさの増す

軽やかな初秋の風にコスモスは記憶の断片はつかに揺らす

病みをれば枕辺で鳴く邯鄲と想ひ繙きけふも揺蕩ふ

一筋の光見えたり映像の田の面の朱鷺は餌を啄みぬ

風はらみ雨しとど降るひねもすを夫と語らふ老い先の夢

中秋に入りて虫の音深みゆく夕涼風に萩のくれなゐ

群竹の細き瑞枝《みづえ》に蟷螂は生きのたまゆら秋風をきく

むらぎもの心やすらふ独り居に音なき月光　裡をも照らす

今を盛り夾竹桃に百日紅　八月の蟬鳴きしきるなり

思ひ出は脳に咲きて幾たびかオリーブの青に染まりては消ゆ

いち日《じつ》の初秋をそめる酔芙蓉　乙女の姿や夢のあとさき

季の流れ肌に覚ゆる中秋の月さながらに虫の音を恋ふ

来たる冬しのぐがごとくさざん花に蟷螂一疋ゆきくれて居り

仄ぐらき木の下影にひがん花群れし炎のたまゆら朱き

水ひき草　赤と白との出会ひ咲き夕映えは長く庭に止まる

長月の触るるばかりに満つる月皓々と影は歩みを写す

さりげなく言ひし言の葉いくつかの夢楚々として君は語れり

ゆったりと休める朝は夫の挽く珈琲の香り五感を醒ます

武蔵野の雑木林に一輪のいのちの出会ひりんだうの花

秋の色の何色ならむその風情まひ散る木の葉もみつ色かも

夕焼を映し見せゐる束の間の下枝のもみぢに晩秋の風

雨あがり冷たく濡れし紅葉より赤き雫の落つる静けさ

あえかなる風の通ひ路　晩秋の茜のまなか陽の沈みゆく

鳴く虫の声なき闇をしとしとと小雨降りしく秋の終焉

野分すぎ木の葉舞ひ立ち吹きだまる枯葉・病葉かさかさと晩秋

ほつれ髪ただに乱るる晩秋の女心に舞ひ散る紅葉

晩秋の澄める水の面は寂として時折鴨の羽音の聞こゆ

柚子たわわ日ごと色づく晩秋の余情にひたりて静けさ愛づる

曖昧な季節の風はここにきて迷ひなきまま木の葉を散らす

藤村の初恋の詩ふつふつと林檎ばたけの樹の下に立つ

季惜しみ紅葉した木々韻律を刻み小雨にはらはらと散る

ふじ見坂谷中の町並雲低く富士のお山は霞みて見えず

暮れなずむ谷中まちなか日暮れ坂（夕やけ段段）猫たむろして

「冬」冬物語

こがらしを聞くも一枝《いちえ》に花ふふむ去年に忘れし山茶花の白

それぞれの色をたがへしらく葉が吾にささやく冬物語

草枯るる初冬の林に踏み入りて花芽兆せる春蘭を採る

懐《ふところ》に春を抱きて枯野ゆくさながら老いて触るる風かは

気の冴ゆる夜空の彼方うす衣の雲にうつろふ月あかり見ゆ

前夜祭　クラリネットにフルートと孫はたて笛クリスマスソング

チェロを弾く吾子に合せしバイオリン孫のたて笛　和音は響く

恒例の夕日を眺め食事会孫交へてのとし納めの行事

神やどる芙蓉の峰にさす光《かげ》は黄金色とふ浄きかがやき

夕つ日の光追ひつつ語りつつレストランにて年をおくりぬ

雲ゆきはあやしと見れど大晦日夕日に短き祈りを捧ぐ

恒例の大晦日夕日に祈る会　七人の想ひ裡なる祈り

一年《とせ》の晦日を告げむけふの陽の今し沈まむ芙蓉の峰に

天空を黄金に染むも陽落つるや芙蓉の峰は姿現はす

陽沈みて紫だちたる雲の浮くかたへに赤き宵の明星

二人娘《こ》の宝に勝るか孫二人くる夜夜ごとの語りはつきぬ

老境にありし二人のときめきはかの日の記憶に旋律きざむ

雲の迷ひ秋空たかく滞まるる今宵十五夜月の出ずらむ

半月の吾の日常を釘付けにソチ・オリンピック感動の涙

尖閣の海の静けさ願ふれど荒波立ちてけふも暮れゆく

街もみな新雪おほふ白き朝見はるかす木々冬の華さく

冬の陽の早き陰りに切り干しの大根浅黄に仕上りてゆく

裸木の梢に白きぬばたまの夜のしんしん粉雪の音

老いゆかば季の移ろひ叶ふまじ細き命に繕《つくろ》ひやまず

木枯らしはひと年の木の葉舞ひ立たせわれの記憶に終止符をうつ

富士見ゆる彼方の空にたひらかな世を願ひをる吾もいちにん

能仁寺蓬萊庭園秋深む大樹のもみぢほむらの如し

山峡《やまかひ》の紅葉は燃えて極みをり遠く鐘の音一葉を散らす

秋長けて昭和公園公孫樹こがねの鉾を空に競へる

第三章　懐しき思ひ

「旅を詠ふ」大峯山に碑《いしぶみ》として

短歌《うた》の道永遠にあれかしささがにの雲の流るる大峯山に

記念樹の椿の緑つややかに大峯山の歌碑を祝ひて

過ぎてゆく燃ゆるおもひを師は刻む大峯山に碑《いしぶみ》として

甲村秀雄先生の歌碑

さはさはと卯月の風の渡りゆく大峯山に吾の思ひ出も

こだはりの潜む心の夕焼けを枝折りてとどむ旅の遊《すさ》びに

海風が奏でる旋律心地よくちぎれ雲浮かぶ呼々巌流島

女波《めなみ》打つ岩場の際のフジツボは巌流島に集ひ潮ふく

遠つ海白波立てる巌流島の決闘広場に浮き立つ白雲

遠つ山雨の名残か霞立ち　寄す波さやけし色浜の磯

敦賀なる名子の磯部に宿とりて　八人の思ひ友を偲べり

一片《ひとひら》の雲の浮かべる空の下《もと》夕光《かげ》惜みて秋津飛び交ふ

青葉城址登りて眺む広瀬川杜の都を抱きて流る

塩釜港出でし時より鷗舞ふ松島までの船路をともに

広瀬川岸辺を洗ふ川波の瀬音聞きつつ旅装をときぬ

長良川鵜飼の舟も季《とき》過ぎて川面淋しき静かなる秋

清流の川面に映ゆる街なみの揺らぎたゆたふ美濃路暮れゆく

阿賀野川浅瀬のさざなみ静まれり微風渡りて白く芳れる

舟下る流れは速し　遥かなる山せまり来て顔前に立つ

きり立ちし緑の崖に卯の花の白き雨降り山は霞める

雨止みて川霧こもる阿賀野川影しづもりて谷間を下る

川下る船の宴に勝りたる景色流れて雲は峰越ゆ

潤ひし木々の緑をうつしたり流れ豊かな阿賀野川を下る

東光寺常盤みどりの大椿四百の樹齢は歴史を語る

黄檗《わうばく》の石の 階《きざはし》 登り降る杉の木立に霊気の充つる

藍場川古《ふ》りし土塀の白壁と枝垂る柳を映して流る

今の世を生くる故事なり三本の矢萩は毛利の悠久の里

ほんのりとうす紅さしたる萩焼と武士の館の白かべのまち

永劫の寂をとどめむ東光寺の万灯籠あまた苔むしてをり

日本の維新動かすはらからを数多育てし松下村塾

「ふる里」荒磯を偲ぶ

ふる里の深山の宿は静もりて水琴窟の音幽かなり

蒼色に染まるる空は故郷の蒼浪閣へ続く空なり

夕陽さす里の海辺の野あざみを手折りて母は「あざみの歌」を

年を重ねおもひの強き母なれど野菊のごとき優しさ満てり

完熟の越のルビーを頬張りてふる里の甘味いとしみてをり

花の便り墨あとしるく届きたり母のばら園色競ひをりと

吾の和歌《うた》を仮名の調べに散らしみるかの故郷の山川と海

鶸《ひは》色の香り爽やか蕗の薹ふるさとの風想ひの届く

去年往きし母の喪明けの春なれば好みし薔薇を一群《むら》飾る

かなしびは語るすべなし吾の裡にしのばせしもの雨しとど降る

亡き父母を思ひ出づれば故郷の同胞《はらから》三人《みたり》に愛しさの増す

送られし故郷の花水仙の黄なる香りに荒磯《あらそ》を偲ぶ

さきがけて黄泉に旅立つ妹の優しき頬に白百合触るる

天つ空に舞ひのぼりたる義妹よ七日の仕度で旅に出たるや

万《よろづ》神に思ひの薄き吾なるも重なる不幸にしかと手合はす

ふる里の夕陽ふくらみ沈みゆき追憶の野辺に撫子揺るる

あえかなる花穂を揺らす水引きの白き花むらここもふる里

胡蝶花《しゃが》の咲く住吉神社詣できて遠きふる里恋ふる想ひは

花に顕《た》つ影に似たるか成すことも思ひの丈も母の写し絵

生きるとふ生きてゐるとふ現し世の何処《いづく》にあれど逢ふ喜びの

こみあぐる熱きものあり　ふる里の友の顔　かほ老いは華やぐ

明けしらむに語らひつきぬ同窓の友の瞳の老いは若かり

幼きの日々を語るも懐かしき山の緑やふる里の夏

うつそみになき父母《おや》なれど常にはも胸裡に座して導きくれし

早春の頃ほひなれば蕗の薹　庭に宿りしふる里の花

さはさはと波音聞けば望郷の想ひ迫り来《く》晩秋の浜

「吾の母校」 蛍雪の友

ノーベルの物理学賞受賞せし南部氏の記念碑母校にありし

吾の母校福井藤島高校の大先輩の南部陽一郎氏は逝く

同窓の俵万智氏の活躍もまぶしき思ひ歌詠むわれは

年毎に福井・関西・東京と福藤会は永年つづく　（二十九年度卒）

蛍雪の友みな八十路を越えたれど確かな業に今も励みをり

花の野をゆく

終はりなき芽生えし恋の末つ方思ひ手ぐりて花の野をゆく

然すがに見とれし春の夕映えにふらり再び夜ざくらの道

若き日の心の記憶繙けば初恋の詩　千曲川膨らむ

青春の萌ゆる想ひは老いてなほ心の裡なる泉湧くごと

吾が視野の中に揺らぎし一枚の賀状ににじむ裡なる想ひ

新たなる思ひの湧きて読みゆかばかの日の重き行間に夢

思ひ出は透明なれば久々に記憶をたどるひとときの風

夫の吹くフルートの調べ風となり吾の想ひ出に漣たてる

寂しきは祈《ね》ぎごと叶はぬけふひと日彼方に浮かぶ初夏の白雲

跡切れゆくわれの記憶は一片の白雲となり浮かびては消ゆ

青春の心の花を閉ざさずに君は今宵も文投げ入れる

一葉《いちえふ》の暑中見舞は浮き雲の彼の若き日に戻しくれをり

立ち迷ふ裡なる思ひの鎮もりて響もす風になびく白ばら

上弦の月白じろと面《おも》を見せわれの裡なる想ひを見つむ

其れぞれに青春の日々を語らふもただに微笑む歳かさぬれば
静かなる心でゐたし日々を生命の森にさまよひたしと
中天に懸れど月は十三夜満たざる思ひを吾投げかける

ひとつ影　消ゆることなき青春を色ある風に吹かれ老いゆく

記憶よぎりそのかたへには秘められし思ひもありて彼の日の泛ぶ

ふる里の海のあゐ色　追憶の青春は然《さ》こそ朽ちることなし

老い深きふたりの青春それぞれに記憶の香り放ちては閉づ

七十路の半ば過ぎるも日々あらた歌詠みをれば老いも青春

折々の和歌《うた》に深まるこの思ひ午後の紅茶に癒やされ乍ら

年経るも青春の日々新たなり覚えし詩歌の情《こころ》ふるれば
鐘の音も散る花もかの思ひ出も春の霞か浮きつ消えゆく
くさぐさの捨つるは哀し想ひ出を折りたたみゆくけふの白ばら

幾そたび夢に戻れる若き日の愛しき想ひに春霞たつ

過去けぶり記憶移らふ老いの身にさからひてゐる揺れるブランコ

春立つ日「ダ・カーポ」のメロディ繰り返し癒されながら聞く昼さがり

手すき和紙くさき染めなる一枚のはがきに滲む朱き夕やけ

八十にして人生の旅ふり返り思ひ出は遙かに幸《さきは》ひ思ふ

子の描く心はずめる年賀状春の温もり吾が手に抱く

道の辺に咲ける草花なじみにてひととせの思ひふくらむ夕べ

妹に母を託して時は過ぐはやる心は日々につのりて

消ゆることなき親の愛抱きつつ遍《あまね》しこころを娘《こ》・孫にそそぐ

跋／自然を誠実に詠む

甲村秀雄

文章を書くとき、いつも入り口を捜す。どこからその世界に入れば良いのか、つまり書き出しの一文に苦慮する。歌集に添える跋文の場合も同じで、入り口となる一首はどこにあるか、その一首を見つけようとする。そして見つけはするが、その一首が本当に入り口としての一首なのかそうでないかは、全文を書き終えたあとも分からない。たぶん永遠に分からないだろう。文章を書くということは結局、そういうことだろうと思う。

それでも入り口を見つけようと力を尽くして、入り口と思われる一首を見つけて、そこからその《歌集の心》への遥かなる旅を始める。そんな心構えを密かに抱きつつ、この小田部瑠美子歌集『思ひ出は遥かに』を読んだ。この歌集には毎月一〇首、一五年間にわたって月刊『ナイル』に発表された一六〇〇首の中から三九〇余首が、選歌され収録されている。彼女にとって初めての歌集で、専門的に歌作りを始めてから今日までの、言うなれば出立からここまで来たという最初の報告の意味をも持っている。

ひんやりと朝露おびしドクダミの白き花摘み一輪挿せり
いくつもの風を想ひて夕涼み風船葛もかすかに揺れて

思ひ出の扉をそつと開くるごと金木犀はほのかに香る
黄花揺らしミモザは季を咲きつぐもいつしか冬日は西に傾く
明日ひらく桃の小枝のほほゑみに弥生の日差しは優しくそそぐ
をさなごは午睡の夢に微笑みて寝息ほとほと頰をゆるます
ピアノ弾く譜面見あぐるをさなごの仕草愛しく賢くも見ゆ
中学の孫教へえるは難しく数字ばかりが飛びはねてゐる

小田部の歌風はこれらの作品からも垣間見られるように、誠実に詠むということにあるのだろう。しかも本来的な短歌としての表現形式に則って、文語体の旧仮名遣いで。背伸びすることなく、どこまでも等身大で歌っているということだ。エンジンという動力で無理矢理に進んで行く軍艦ではなく、どちらかと言えば風に任せて大海を泳ぐ帆船にも似ている。生活を基調として、その中での自然を、感性を駆使して詠みあげている。あるときは静謐、あるときは感動。詠まれている対象は似通っていながら違う顔として表現され、自然というキャンバスにさまざまな模様を描き出している。

確執の狭間埋めむと語れども亀裂の谷は風吹くばかり
夕日さす小高き丘に孫ときて強ひ語《し》りすれば情《こころ》を開く
十六歳揺らぐ心にそれなりの決断したり見守るばかり
青春の危ふさまとふ孫なれど苦楽は糧となりて実らむ

そんな小田部を長い年月、見続けて来て思うのは、ルイサ・メイ・オルコットの『若草物語』そのもの、登場人物にも似ているということだ。一九四〇年代の初めの頃かにマービン・ルロイによって映画になったので、子供時代に彼女も観ているかも知れないが、自然で清新そのもの。メグ、ジョー、エィミー、ベスの四姉妹の物語で、四人四様。四人を合わせると淑やかさ、思慮深さ、お転婆、優しさ、闊達、気弱、勝ち気とあらゆる性格がそこに見られる。そして一つ共通する性格、つまり誠実さが底を流れている。

青春の記憶のかけらに尾ひれつき初夏の坂道けふもかけゆく
たまゆらに見せる葉うらに風をきく子等の声なき夏の公園

夕つ日の光追ひつつ語りつつレストランにて年をおくりぬ

さはさはと卯月の風の渡りゆく大峯山に吾の思ひ出も

年を重ねおもひの強き母なれど野菊のごとき優しさ満てり

さきがけて黄泉に旅立つ妹の優しき頬に白百合触るる

明けしらむに語らひつきぬ同窓の友の瞳の老いは若かり

新たなる思ひの湧きて読みゆかばかの日の重き行間に夢

過去けぶり記憶移らふ老いの身にさからひてゐる揺れるブランコ

ところで、この歌集はたぶん編年体で構成されているのであろう。その第一章「季の移ろひ」は、生活の中での自然を娘や孫に寄せる豊かな思いと併せて、詠んでいる。第二章「季節を謳ふ」になると、人生の晩秋とでも言うような沈潜とほの暗さが漂う。生きていることへの問い掛けといったような、いささかの苦悩も感じさせる。そして第三章「懐しき思ひ」では、身近な人の死を織り交ぜながら、歌う対象としての自然が広がりを見せ始める。外の自然へ、旅に見る自然へ、…そして人生を振り返る。

あとがき

上海から引き揚げの途次、奉天で終戦を迎えたのは、私が四年生の時でした。帰国後は福井県大野の自然豊かな里山での暮らしが始まりました。近くの住吉神社の境内の斜面で胡蝶花《しゃが》や檜扇を筵に寝ころび、拝殿下の蟻地獄を覗きこんだり、川遊びや蛍狩、冬には、スキーで学校へ行ったりと身近に自然を感じ楽しみました。三国町東尋坊へ引越してからは、遊びと言えば家族揃っての百人一首で時折の解説もあり一層興味も深まりました。床に入れば父が謡曲の「弱法師」とか「八島」など物語として話してくれました。振りかえれば、いつも何げない日常が私の感性に触れていたかも知れません。中学、高校と卓球やテニスを楽しみ、大学では観世流謡曲部で夏の合宿は東尋坊の自宅を使い日中は観光と海水浴、朝夕は師範の父より稽古をつけてもらい連吟を楽しみました。卒論は「万葉集」を高崎正秀先生に学び、卒業後教師を勤め結婚し埼玉へ…二人の娘を育て乍ら定年退職後の平成十三年に甲村秀雄先生のナイル短歌工房に入会、ご指導を戴き乍ら、十六年目の春を迎えようとしています。先生からそろそろ歌集を出さないかとのお話を戴き今回の出版になりました。一首一首と読み返し乍らの作業でした。幼い頃から、青春時代の思い出、子育ての頃、初孫を抱いたあの温もり、全てが流れる様に見えてきました。歌を詠むことの素晴しさ、そして今までの人生を振り返ることの大切さをしみじみ感じたのでした。心の動きを拙い言葉で綴った一首が一日を書きとめる日記であり自分史の様でもあり、季をきざんだ花ごよみにも思えたりと…。歌集にまで辿りつけたことは一偏に甲村先生のご指導と素晴しい歌友に恵まれ詠み続けられたことにあり、感謝の気持ちで一杯です。本歌集は、月刊誌ナイルに発表した十五年間の一六〇〇余首の中から三九二首を選び飯塚書店のホメロス叢書に入れて戴くことになりました。社長の飯塚行男様、社員の皆様、大変お世話になりました。ナイルの甲村先生には特別に跋文を戴き感謝致しております。穏やかに流れた日々を支えて下さった多くの方々にも感謝申し上げます。

小田部瑠美子

小田部　瑠美子（おたべ・るみこ）

昭和十一年一月四日 福井県生まれ
福井県立藤島高校卒
國學院大學文学部卒
平成十三年ナイル短歌工房入会。同人
日本短歌協会理事
カルチャースクール講師

現代短歌ホメロス叢書
歌集『思ひ出は遙かに』
平成二十七年十二月二十五日　第一刷発行
著　者　小田部　瑠美子
発行者　飯塚　行男
発行所　株式会社　飯塚書店
http://izbooks.co.jp
〒一一二-〇〇〇二
東京都文京区小石川五-一六-四
☎ 〇三（三八一五）三八〇五
FAX 〇三（三八一五）三八一〇
印刷・製本　株式会社　恵友社

ISBN978-4-7522-1201-0